LAS FUNGOSIDADES DE YUGGOTH

ESCRITO POR
H.P. LOVECRAFT

TRADUCIDO POR
JOSÉ MARÍA NEBREDA

I0625073

EDICIÓN BILINGÜE

ISBN-10: 1-953215-52-1

ISBN-13: 978-1-953215-52-9

Arte de portada © 2021 por Eleanore Stasheff

Arte de interiores © 1930 por Hugh Rankin, publicado por primera vez en *Weird Tales* 84, vol. 16, #3, septiembre de 1930

Publicado por Prensa de Pickman

Edgewood, Nuevo México, EE. UU.

Visítenos en http://pickmanspress.com

ÍNDICE

UNA BREVE INTRODUCCION

H.P. Lovecraft fue un poeta estadounidense y autor de relatos de terror y ficción extraña durante las décadas de 1920 y 1930. Su obra fue relativamente oscura y desconocida en vida, y murió en la pobreza a la temprana edad de cuarenta y seis años a causa de un cáncer de estómago. Sin embargo, en las décadas transcurridas desde su muerte, su obra se ha hecho famosa. Sus relatos se han publicado una y otra vez, se han traducido a más de una docena de idiomas y se siguen leyendo hoy en día. Su estilo único de "horror cósmico" revolucionó el género de terror e influyó en generaciones de escritores y cineastas de terror, como Stephen King y Guillermo del Toro. En 2016, ochenta años después de su muerte, fue incluido en el Salón de la Fama de la Ciencia Ficción y la Fantasía.

Durante muchos años, sin embargo, Lovecraft se consideró principalmente un poeta. *Fungosidades de Yuggoth* es, con mucho, su colección de poemas más conocida y leída, probablemente debido a su conexión con su creación más famosa, el Mitos de Cthulhu. En estos versos se encuentran referencias a deidades del Mythos como Azathoth, Nyarlathotep y el Rey de Amarillo; a monstruos del Mythos como los Nightgaunts, los Shoggoths, los Elder Things y Brown Jenkin; y a lugares como Arkham, Aylesbury, Dunwich, Innsmouth, la Meseta de Leng y, por supuesto, Yuggoth.

Casi todos los treinta y seis sonetos fueron escritos en un estallido de energía creativa durante una sola semana centrada en el día de Año Nuevo, entre finales de 1929 y principios de 1930. Sin embargo, al principio no se publicaron juntos. A lo largo de los años siguientes, la mayoría de los poemas se publicaron por separado, u ocasionalmente en parejas, en diversas revistas, principalmente *Weird Tales*, pero también en casi media docena de otros lugares. No fue hasta varios años después de la muerte de Lovecraft (en 1937) que todo el ciclo de poemas fue finalmente recopilado en *Más allá de la pared del sueño* (*Beyond the Wall of Sleep*), publicado por Arkham House en 1943. Fue August Derleth —amigo, protegido y albacea literario de Lovecraft— el primero en organizar el orden de los poemas, una secuencia que ha continuado hasta hoy. Desgraciadamente, no sabemos si este es el orden en el que Lovecraft habría colocado los poemas, suponiendo que los hubiera ordenado.

Los críticos literarios siguen discutiendo si *Fungosidades de Yuggoth* es un poema narrativo (uno que cuenta una historia en rima), o un ciclo de poemas (una colección de poemas individuales separados con un tema compartido). Sin embargo, el hecho de que Lovecraft se contentara con publicar los poemas por separado en diferentes revistas, sugiere fuertemente que los consideraba un ciclo de poemas. Ciertamente, los diferentes sonetos tienen más bien un estado de ánimo, una atmósfera y unas imágenes comunes que una línea argumental continua.

Sin embargo, eso no ha impedido que críticos y *aficionados* traten de encontrar una narrativa en *Fungosidades de Yuggoth*. Ciertamente, los tres primeros poemas parecen contar una historia: en una vieja librería, el narrador encuentra un antiguo tomo de conocimiento oculto, lo roba y corre a casa. Una vez que comienza a examinar y leer el libro, empiezan a suceder cosas extrañas. *Sin embargo*, después de los tres primeros sonetos, es mucho más difícil identificar una línea argumental coherente. Parece que el narrador utiliza el libro de hechizos para invocar a un demonio, que lo lleva a un viaje a través del espacio y el tiempo. Los distintos poemas, por tanto, describen los diferentes planetas, dimensiones y realidades alternativas que el narrador visita, a menudo bellas y terroríficas al mismo tiempo.

Otro argumento a favor de que *Fungosidades de Yuggoth* tenga una narrativa es la existencia de un relato corto incompleto que Lovecraft escribió, El libro, que guarda un fuerte paralelismo con los tres primeros sonetos. Se acepta generalmente que este fragmento de historia fue un intento de Lovecraft de traducir el ciclo de poemas de *Fungosidades de Yuggoth* a prosa. Desgraciadamente, Lovecraft abandonó el proyecto y *El libro* nunca se completó.

O al menos, no por el propio Lovecraft. Más de cuarenta años después de la muerte de Lovecraft, Martin S. Warnes intentó completar El Libro en una "colaboración póstuma" con Lovecraft. El resultado fue *The Black Tome of Alsophocus*, publicado en la antología *New Tales of the Cthulhu Mythos* por Arkham House en 1980. José María Nebreda también ha traducido este cuento al español, con el título de *El libro negro de Alsophocus*, que puedes leer al final de este libro.

Por último, hay que reconocer también la habilidad del traductor, José María Nebreda. Traducir poesía a otro idioma es especialmente difícil porque una traducción directa palabra por palabra suele eliminar la rima y la métrica del poema. El traductor tiene que modificar el lenguaje del poema lo suficiente como para recrear el ritmo y la rima y, al mismo tiempo, mantenerse lo más cerca posible del significado original. El Sr. Nebreda (que es un admirador de la obra de Lovecraft) consiguió no sólo traducir los treinta y seis sonetos al español, sino también mantener hábilmente su rima, sus imágenes, sus metáforas y sus temas. Esperemos que disfruten de la lectura de su traducción tanto como él disfrutó escribiéndola.

I. THE BOOK

The place was dark and dusty and half-lost
In tangles of old alleys near the quays,
Reeking of strange things brought in from the seas,
And with queer curls of fog that west winds tossed.
Small lozenge panes, obscured by smoke and frost,
Just showed the books, in piles like twisted trees,
Rotting from floor to roof—congeries
Of crumbling elder lore at little cost.

I entered, charmed, and from a cobwebbed heap
Took up the nearest tome and thumbed it through,
Trembling at curious words that seemed to keep
Some secret, monstrous if one only knew.
Then, looking for some seller old in craft,
I could find nothing but a voice that laughed.

I. EL LIBRO

El lugar era oscuro y polvoriento, semiperdido
Entre las viejos y retorcidas callejuelas de los muelles,
Rezumante de extrañas cosas venidas de los mares,
Y con deshilachados jirones de niebla mecidos por los
    vientos del oeste.
Diminutos vidiros esmerilados, oscurecidos por los
    vapores y la escarcha,
Mostraban los libros, en montones sucios y descuidados,
Pudriéndose desde la base al techo; cúmulos
De desmigajado saber primiegénio a poco precio.

Entré, hechizado, y de un atelarañado montón
Cogí el volumen más cercano y lo hojée,
Estremeciéndomeante las curiosas palabras que parecía
    contener
Algún secreto, monstruoso si alguien llegara a conocerlo.
Entonces, busqué al viejo vendedor de la tienda,
Y aunque no encontré a nadie pude oir una extraña
    carcajada.

II. PURSUIT

I held the book beneath my coat, at pains
To hide the thing from sight in such a place;
Hurrying through the ancient harbor lanes
With often-turning head and nervous pace.
Dull, furtive windows in old tottering brick
Peered at me oddly as I hastened by,
And thinking what they sheltered, I grew sick
For a redeeming glimpse of clean blue sky.

No one had seen me take the thing—but still
A blank laugh echoed in my whirling head,
And I could guess what nighted worlds of ill
Lurked in that volume I had coveted.
The way grew strange—the walls alike and madding—
And far behind me, unseen feet were padding.

II. PERSECUCIÓN

Coloqué el libro bajo mi gabardina, ansioso
De esconder el objeto a la vista del lugar;
Me apresuré por las antiguas callejuelas del puerto
Mirando frenéticamente atrás y con paso nervioso.
Tristes, furtivas ventanas enmarcadas en viejos y
    vacilantes ladrillos
Me escudriñaban singularmente mientras huía,
Y pensando qué se ocultaría en ellas aumentó mi ansia
Por una reparadora visión del límpido cielo azul.

Nadie me había visto coger el libro, pero todavía
Resonaba en mi desvaida cabeza una trémula carcajada,
Y adiviné qué mundos nocturnos de perversidad
Acechaban en aquel volumen que yo codiciaba.
El camino se hacía extraño bajo las inquietantes callejas,
Y tras de mí, unos pies invisibles se escurrían.

III. THE KEY

I do not know what windings in the waste
Of those strange sea-lanes brought me home once more,
But on my porch I trembled, white with haste
To get inside and bolt the heavy door.
I had the book that told the hidden way
Across the void and through the space-hung screens
That hold the undimensioned worlds at bay,
And keep lost aeons to their own demesnes.

At last the key was mine to those vague visions
Of sunset spires and twilight woods that brood
Dim in the gulfs beyond this earth's precisions,
Lurking as memories of infinitude.
The key was mine, but as I sat there mumbling,
The attic window shook with a faint fumbling.

III. LA LLAVE

Aun no se qué recodos en la desolación
De aquel extraño mar de callejuelas me llevaron, una
    vez más, a casa,
Pero en el pórtico temblaba, pálido y con prisa
Por entru dentro y cerrar la pesada puerta.
Tenía el libro que revelaba el oculto camino
A través del vacío y de los hambrientos seres del espacio
Que pueblan los adimensionales mundos de la bahía,
Y que guarda ignorados eones para sí mismo.

Al fin era mía la llave que abre aquellas vagas visions
De agujas al ocaso y bosques crepusculares flotando
Confusos en abismos inalcanzables para la conciencia
    humana,
Acechando como Recuerdos de infinitud.
La llave era mía, pero me sentía inquieto cuando
    comencé la lectura
La ventana del ático brilló con un lánguido estremecimiento.

IV. RECOGNITION

The day had come again, when as a child
I saw—just once—that hollow of old oaks,
Grey with a ground-mist that enfolds and chokes
The slinking shapes which madness has defiled.
It was the same—an herbage rank and wild
Clings round an altar whose carved sign invokes
That Nameless One to whom a thousand smokes
Rose, aeons gone, from unclean towers up-piled.

I saw the body spread on that dank stone,
And knew those things which feasted were not men;
I knew this strange, grey world was not my own,
But Yuggoth,* past the starry voids—and then
The body shrieked at me with a dead cry,
And all too late I knew that it was I!

---

* A fictional planet at the edge of the solar system, the home of
the Mi-Go aliens. See Lovecraft's short story *The Whisperer in Darkness*.

IV. RECONOCIMIENTO

El día había llegado otra vez cuando, como un niño,
Miraba de nuevo aquel reducto de viejos robles,
Envuelto en un fondo neblinoso que cubre y sofoca
A las escurridizas formas cuya locura había contaminado.
Todo era igual, un herbaje rancio y agreste
Adherido alrededor de un altar cuyos signos grabados
     invocan
Al Sin Nombre, que se yergue entre los mil vapores
De tiempos remotos y sucias torres superpuestas.

Vi el cuerpo extendido sobre aquella húmeda roca,
Y supe de aquellos seres cuyo festín no era humano;
Adiviné su extraño, gris mundo que no era el mio
Sino Yuggoth,[*] más allá de los estrellados abismos; y
    entonces
El cuerpo chilló con un grito de muerte,
¡Y supe demasiado tarde que aquel ser era yo!

---

[*] Un planeta ficticio en el borde del sistema solar, el hogar de los
extraterrestres Mi-Go. Ver el cuento de Lovecraft *El que susurra
en la oscuridad.*

V. HOMECOMING

The daemon said that he would take me home
To the pale, shadowy land I half recalled
As a high place of stair and terrace, walled
With marble balustrades that sky-winds comb,
While miles below a maze of dome on dome
And tower on tower beside a sea lies sprawled.
Once more, he told me, I would stand enthralled
On those old heights, and hear the far-off foam.

All this he promised, and through sunset's gate
He swept me, past the lapping lakes of flame,
And red-gold thrones of gods without a name
Who shriek in fear at some impending fate.
Then a black gulf with sea-sounds in the night:
"Here was your home," he mocked, "when you had
        sight!"

V. LA SIGUIENTE MORADA

El demonio dijo que me sacaría de mi hogar y me llevaría
A la pálida, tenebrosa tierra que yo medio recordaba
Como un elevado lugar de escalones y terrazas,
Amurallado de balaustradas de marmol embestidas por
    los vientos celestes,
Con laberintos de cúpulas sobre cúpulas
Y torres sobre torres cerca de un mar ondulante.
Una vez más, me comunicó, yo estaría dominante
Sobre aquellas antiguas elevaciones, y escucharía el
    lejano estallido de las olas.

Todo esto prometió, y a través de la puerta del ocaso
Me condujo, sobre los susurrantes lagos de Fuego
Y los rojizos tronos de los dioses sin nombre
Que aullan temerosos por algún destino aterrador.
Entonces nos detuvimos en un negro abismo de sonidos
    marinos:
"Aquí está tu hogar", se burló, "¡como tú lo habías vísto!"

VI. THE LAMP

We found the lamp inside those hollow cliffs
Whose chiseled sign no priest in Thebes could read,
And from whose caverns frightened hieroglyphs
Warned every living creature of earth's breed.
No more was there—just that one brazen bowl
With traces of a curious oil within;
Fretted with some obscurely patterned scroll,
And symbols hinting vaguely of strange sin.

Little the fears of forty centuries meant
To us as we bore off our slender spoil,
And when we scanned it in our darkened tent
We struck a match to test the ancient oil.
It blazed—great God!—but the vast shapes we saw
In that mad flash have seared our lives with awe.

VI. LA LÁMPARA

Encontramos la lámpara en las profundidades de
 aquellos riscos
Llenos de inscripciones indescriptibles y extrañas,
Con cavernas y espantosos jeroglíficos
Que advertían a toda criatura de la raza humana.
No había nada, excepto aquel cuenco de bronce
Con restos de un extraño líquido aceitoso;
Rebosaba con varios rollos de papel escritos
 enigmáticamente,
Y de símbolos que insinuaban vagamente malignos
 pecados.

No despertamos muchos de los horrores de cuarenta
 siglos
Que nos auguraban las inscripciones al cometer el hurto,
Pero cuando lo examinamos en la tienda,
Encendimos un fósforo para probar el viejo aceite.
Se inflamó, ¡gran Dios!… y las atroces formas que vimos
En aquel furioso resplandor han llenado nuestras vidas
 de horror.

VII. ZAMAN'S HILL

The great hill hung close over the old town,
A precipice against the main street's end;
Green, tall, and wooded, looking darkly down
Upon the steeple at the highway bend.
Two hundred years the whispers had been heard
About what happened on the man-shunned slope—
Tales of an oddly mangled deer or bird,
Or of lost boys whose kin had ceased to hope.

One day the mail-man found no village there,
Nor were its folk or houses seen again;
People came out from Aylesbury[*] to stare…
Yet they all told the mail-man it was plain
That he was mad for saying he had spied
The great hill's gluttonous eyes, and jaws stretched wide.

---

[*] A fictional small town near Dunwich in the imaginary "Lovecraft
Country" of Massachusetts, USA.

VII. La colina de Zamán

La enorme colina se eleva sobre el viejo pueblecito,
Terminando en un barranco al acabar la calle principal;
Verde, alta y boscosa, atisba misteriosa entre el
    campanario,
Mirando a lacurba de la carretera.
Hace doscientos años que se escuchan murmuraciones,
Susurros sobre lo que sucedió con el solitario personaje
    de la ladera,
Relatos de un ciervo o sujeto singularmente destrozado,
O de niños perdidos que jamás volvieron al hogar.

Un día el cartero no encontró rastro de la villa,
Ni fueron vistas sus casas o sus gentes de nuevo;
Los curiosos llegaron de Aylesbury,[*]
Incluso dijeron al cartero que la colina no había
    cambiado,
Que estaba loco al decir haber vislumbrado
Unas enormes fauces abiertas bajo los ansiosos ojos de
    la colina.

---

[*] Un pequeño pueblo ficticio cerca de Dunwich en el imaginario
"País de Lovecraft" de Massachusetts, EE. UU.

VIII. THE PORT

Ten miles from Arkham[*] I had struck the trail
That rides the cliff-edge over Boynton Beach,
And hoped that just at sunset I could reach
The crest that looks on Innsmouth in the vale.
Far out at sea was a retreating sail,
White as hard years of ancient winds could bleach,
But evil with some portent beyond speech,
So that I did not wave my hand or hail.

Sails out of lnnsmouth![†] Echoing old renown
Of long-dead times. But now a too-swift night
Is closing in, and I have reached the height
Whence I so often scan the distant town.
The spires and roofs are there—but look! The gloom
Sinks on dark lanes, as lightless as the tomb!

---

[*] A fictional city on the Miskatonic River in the imaginary
"Lovecraft Country" of Massachusetts, USA. Home to
Miskatonic University.

[†] A fictional small fishing village where half-human, half-fish
monsters live. See Lovecraft's short story *The Shadow Over
Innsmouth*.

VIII. EL PUERTO

A diez millas de Arkham[*] me tropecé con la senda
Que cruzaba el acantilado de la Playa de Boyton;
Tenía esperanzas de llegar antes del ocaso
A la cresta desde donde se domina el valle de Innsmouth.
Mar adentro un barco se balanceaba,
Blanqueado por vientos de tiempos remotos,
Pero algún presagio más allá de mi comprensión
Me impidió que saludara o agitara la mano.

¡Barcos en Innsmouth![†] Recordé la antigua fama
De un largo tiempo de muerte; pero una noche
    demasiado repentina
Se cernía, y había logrado llegar a la cima
Desde donde se veía la distante ciudad.
Las agujas y tejadillos seguían allí; ¡pero mira! Los
    lobregos
Empedrados de las callejas estaban tan oscuros como
    una tumba.

---

[*] Una ciudad ficticia en el río Miskatonic en el imaginario "País de Lovecraft" de Massachusetts, EE. UU. Hogar de la Universidad de Miskatonic.

[†] Un pequeño pueblo de pescadores ficticio donde viven monstruos mitad humanos, mitad peces. Vea el cuento de Lovecraft *La sombra sobre Innsmouth*.

IX. THE COURTYARD

It was the city I had known before;
The ancient, leprous town where mongrel throngs
Chant to strange gods, and beat unhallowed gongs
In crypts beneath foul alleys near the shore.
The rotting, fish-eyed houses leered at me
From where they leaned, drunk and half-animate,
As edging through the filth I passed the gate
To the black courtyard where the man would be.

The dark walls closed me in, and loud I cursed
That ever I had come to such a den,
When suddenly a score of windows burst
Into wild light, and swarmed with dancing men:
Mad, soundless revels of the dragging dead—
And not a corpse had either hands or head!

IX. EL PATIO

Estaba en la ciudad que ya conocía,
La antigua, leprosa urbe donde un gentío de mestizos
Canta a extraños dioses, y golpea impíos gongs
En las criptas de los fétidos callejones portuarios.
Las podridas casas con ojos de pez me espiaban,
Retorciéndose trémulas y casi animadas
Mientras cruzaba la sucia puerta
Del negro patio donde debería estar el hombre.

Las oscuras paredes me agobiaban, y juré
Que jamás había estado entre tanta podredumbre.
De pronto una multitud de ventanas se abrieron,
Resplandecientes, bullendo de figuras temblorosas:
Necias, mudas algarazas de una muerte retardada;
¡Y ni un cuerpo tenía manos o cabeza!

X. THE PIGEON-FLYERS

They took me slumming, where gaunt walls of brick
Bulge outward with a viscous stored-up evil,
And twisted faces, thronging foul and thick,
Wink messages to alien god and devil.
A million fires were blazing in the streets,
And from flat roofs a furtive few would fly
Bedraggled birds into the yawning sky
While hidden drums droned on with measured beats.

I knew those fires were brewing monstrous things,
And that those birds of space had been *Outside*—
I guessed to what dark planet's crypts they plied,
And what they brought from Thog[*] beneath their wings.
The others laughed—till struck too mute to speak
By what they glimpsed in one bird's evil beak.

---

[*] Thog and Thok are twin moons of the fictional planet Yuggoth.

X. LOS PÁJAROS

Me llevaron a los barrios bajos, donde sombrías paredes
    de ladrillo
Se inclinan entre almacenes viscosos y miserables,
Donde rostros contrahechos, multitudes turbias y fétidas,
Entonan oraciones a un ajeno dios demonio.
Unos fuegos brillaban en las calles
Y en las azoteas unas sombras furtivas huían
De las sucias aves que cruzaban el bostezante cielo
Mientras ocultos tambores vibraban con monotonía.

Conocía aquellos fuegos donde se elaboraban mon-
    struosos seres,
Y a los pájaros que habían venido del *Exterior*;
Adiviné en qué oscuras criptas del planeta moraban
Y lo que traían de Thog[*] bajo sus alas.
Los demás reían, hasta darse cuenta mudos de espanto
Que se hallaban en el pico de una de las malignas aves.

---

[*] Thog y Thok son las lunas gemelas del planeta ficticio Yuggoth.

XI. THE WELL

Farmer Seth Atwood was past eighty when
He tried to sink that deep well by his door,
With only Eb to help him bore and bore.
We laughed, and hoped he'd soon be sane again.
And yet, instead, young Eb went crazy, too,
So that they shipped him to the county farm.
Seth bricked the well-mouth up as tight as glue—
Then hacked an artery in his gnarled left arm.

After the funeral we felt bound to get
Out to that well and rip the bricks away,
But all we saw were iron hand-holds set
Down a black hole deeper than we could say.
And yet we put the bricks back—for we found
The hole too deep for any line to sound.

XI. El pozo

El granjero Seth Atwood tenía más de ochenta años
Cuando decidió destruir el pozo de su patio,
Mas sólo tenía a Eb para ayudarle.
Nos burlamos de él, y confiamos que pronto entraría en
    razón.
Pero el joven Eb también se volvió loco,
Tanto que debimos internarle en el manicomio.
Seth enladrilló la boca del pozo tan sólidamente como
    pudo
Y después se cortó las venas de su nudoso brazo
    izquierdo.

Acabado el funeral, sentimos un ruido que provenía del
    pozo
Y que hizo saltar los ladrillos por el aire
Y todos vimos una mano de hierro sobresaliendo
De aquel negro agujero de insospechada profundidad.
Aún así. colocamos de nuevo los ladrillos, pues
    descubrimos
Que ninguna cuerda era tan larga como para llegar al
    fondo.

XII. THE HOWLER

They told me not to take the Briggs' Hill path
That used to be the highroad through to Zoar,[*]
For Goody Watkins, hanged in seventeen-four,
Had left a certain monstrous aftermath.
Yet when I disobeyed, and had in view
The vine-hung cottage by the great rock slope,
I could not think of elms or hempen rope,
But wondered why the house still seemed so new.

Stopping a while to watch the fading day,
I heard faint howls, as from a room upstairs,
When through the ivied panes one sunset ray
Struck in, and caught the howler unawares.
I glimpsed—and ran in frenzy from the place,
And from a four-pawed thing with human face.[†]

---

[*] An abandoned small town in the imaginary "Lovecraft Country" of Massachusetts, USA.

[†] This is probably Lovecraft's monster "Brown Jenkin", a rat with a human face. See his short story *The Dreams in the Witch-House*.

XII. EL AULLADOR

Me advirtieron que no tomara la senda de la Colina de
    Briggs,
Que fuera por la carretera principal a través de Zoar,[*]
Pues Goody Watkins, anclado en los sesenta y cuatro
    años,
Había tenido allí un percance monstruoso.
Sin embargo, cuando desobedecí y contemple la casa
Desde una roca enorme, vi la hiedra colgando de sus
    paredes
Y los olmos y cañaverales que la rodeaban
Y me extrañé de que aún pareciese tan nueva.

Me detuve un instante para examinar el pálido día
Y escuche débiles aullidos, como llegados de un piso
    superior;
Un rayo del ocaso se introdujo entre las enredaderas
Y alumbró de improviso al aullador.
Yo lo vi, y corrí frenéticamente alejándome del lugar,
Pues había contemplado la garra de una cosa con rostro
    humano.[†]

---

[*] Un pequeño pueblo abandonado en el imaginario "País de
Lovecraft" de Massachusetts, EE. UU.

[†] Este es probablemente el monstruo de Lovecraft "Brown Jenkin",
una rata con rostro humano. Vea su cuento *Los sueños de la
casa de la bruja*.

XIII. Hesperia[*]

The winter sunset, flaming beyond spires
And chimneys half-detached from this dull sphere,
Opens great gates to some forgotten year
Of elder splendours and divine desires.
Expectant wonders burn in those rich fires,
Adventure-fraught, and not untinged with fear;
A row of sphinxes where the way leads clear
Toward walls and turrets quivering to far lyres.

It is the land where beauty's meaning flowers;
Where every unplaced memory has a source;
Where the great river Time begins its course
Down the vast void in starlit streams of hours.
Dreams bring us close—but ancient lore repeats
That human tread has never soiled these streets.

---

[*] The Land of the Dusk, beyond the seas, according to the ancient
   Greeks.

XIII. HESPERIA[*]

La puesta invernal, llameante más allá de agujas
Y chimeneas que se elevan sobre esta perezosa esfera,
Abre enormes portalones a una época olvidada
De antiguos esplendores y divinos anhelos.
Expectantes maravillas arden en los ricos fuegos,
Sensaciones puras, no descoloridas por el miedo;
Una hilera de esfinges discurre por el camino que rasea,
Cerca de murallas y torres estremecidas por lejanas liras.

Esta es la tierra donde nace el sentido de la belleza,
Donde todo recuerdo olvidado tiene un lugar,
Donde el gran río del Tiempo comienza su curso
Bajo el vacío inmenso de los brillantes arroyuelos de las
        horas.—
Los sueños nos la hacen visible, pero el antiguo saber
        repite
Que el pie humano jamás ha ensucíado estas calles.

---

[*] La Tierra del Ocaso, más allá de los mares, según los antiguos
   griegos.

XIV. STAR-WINDS

It is a certain hour of twilight glooms,
Mostly in autumn, when the star-wind pours
Down hilltop streets, deserted out-of-doors,
But showing early lamplight from snug rooms.
The dead leaves rush in strange, fantastic twists,
And chimney-smoke whirls round with alien grace,
Heeding geometries of outer space,
While Fomalhaut[*] peers in through southward mists.

This is the hour when moonstruck poets know
What fungi sprout in Yuggoth, and what scents
And tints of flowers fill Nithon's continents,
Such as in no poor earthly garden blow.
Yet for each dream these winds to us convey,
A dozen more of ours they sweep away!

---

[*] One of the brightest stars in the sky.

XIV. Vientos de las estrellas

Es a cierta hora de las sombras crepusculares,
Mayormente en otoño, cuando los vientos estelares se
    derraman
Entre callejas empinadas, desiertas y vacías,
Perladas de ventanillas luminosas y brillantes.
Fríos son los vientos que se enroscan en fantásticas
    curvaturas,
Arremolinando el humo de las chimeneas con
    desconocida gracia,
Configurando geometrías del espacio exterior
Mientras Fomalhaut[*] espía desde las nieblas del sur.

Esta es la hora en la que lunáticos poetas saben
Que fungi[†] crece en Yuggoth, y que los perfumes
Y tintes de ciertas flores cubren los continentes de
    Nithon,
Flores que jamás se encontrarán en jardían terrestre
    alguno.
¡Y por cada sueño que los vientos nos hacen llegar
Una multitud de los nuestros se nos llevan!

---

[*] Una de las estrellas más brillantes del cielo.

[†] No he traducido aquí la palabra "fungi" (fungosidades, hongos)
al castellano por entender que quitaba musicalidad al soneto.
Así, la he tomado como un nombre propio.

XV. ANTARKTOS

Deep in my dream the great bird whispered queerly
Of the black cone amid the polar waste;
Pushing above the ice-sheet lone and drearly,
By storm-crazed aeons battered and defaced.
Hither no living earth-shapes take their courses,
And only pale auroras and faint suns
Glow on that pitted rock, whose primal sources
Are guessed at dimly by the Elder Ones.

If men should glimpse it, they would merely wonder
What tricky mound of Nature's build they spied;
But the bird told of vaster parts, that under
The mile-deep ice-shroud crouch and brood and bide.
God help the dreamer whose mad visions show
Those dead eyes set in crystal gulfs below!

XV. Antarktos

Hay en mis pesadillas un gran pájaro que me habla
De un negro pico erguido en medio de las desolaciones
    polares,
Que me describe la triste, vacía extensión de hielo
Embestida por las ráfagas estúpidas del tiempo.
Aquí ninguna forma de vida terrestre subsiste,
Y sólo pálidas auroras o tenues soles
Se reflejan en la picuda roca, cuyo orgien primoridal
Es sospechado por los Antiguos Dioses.

Si el hombre lo contemplase quedaría fascinado
Por el encanto de aquel engañoso montículo natural;
Pero el ave me habló de extensiones y cavernas inmensas
Que se adentran en un intrincado subterráneo, gélido y
    oculto.
¡Dios asista al soñador cuyas visiones muestren
Aquellos ojos muertos, incrustados en dos agujeros de
    cristal!

XVI. THE WINDOW

The house was old, with tangled wings outthrown,
Of which no one could ever half keep track,
And in a small room somewhat near the back
Was an odd window sealed with ancient stone.
There, in a dream-plagued childhood, quite alone
I used to go, where night reigned vague and black;
Parting the cobwebs with a curious lack
Of fear, and with a wonder each time grown.

One later day I brought the masons there
To find what view my dim forbears had shunned,
But as they pierced the stone, a rush of air
Burst from the alien voids that yawned beyond.
They fled—but I peered through and found unrolled
All the wild worlds of which my dreams had told.

XVI. La ventana

La casa era vieja, con alas numerosas y solitarias
Que nadie llegó a recorrer enteramente,
Con un cuartito no muy lejos de los fondos
Donde había una curiosa ventana sellada con viejas
    piedras.
Allí, en una infancia plagada de sueños y soledad,
Solía ir cuando la noche era incierta y oscura
Con una extraña ausencia de miedo
Y una fascinación que crecía cada vez más.

Un día contraté a los albañiles
Para que me mostraran aquello que mis ancestros
    ocultaron,
Pero mientras horadaban la piedra, una ráfaga de aire
    vino
De los espacios que se abrían más allá de la ventana.
Los hombres huyeron, pero yo miré a través de los
    resquicios
Y, ante mí, contemple los terribles mundos que
    acechaban en mis sueños.

XVII. A MEMORY

There were great steppes, and rocky table-lands
Stretching half-limitless in starlit night,
With alien campfires shedding feeble light
On beasts with tinkling bells, in shaggy bands.
Far to the south the plain sloped low and wide
To a dark zigzag line of wall that lay
Like a huge python of some primal day
Which endless time had chilled and petrified.

I shivered oddly in the cold, thin air,
And wondered where I was and how I came,
When a cloaked form against a campfire's glare
Rose and approached, and called me by my name.
Staring at that dead face beneath the hood,
I ceased to hope—because I understood.

XVII. RECUERDO

Había vastas llanuras y mesetas pedregosas
Extendiéndose ilimitadas en la noche estrellada,
Y extrañas fogatas que despedían una tenue luz
Sobre unos seres con tintineantes campanillas.
Hacia el sur el llano se hendía, profundo y ancho,
Terminando en una oscura línea de ondulantes montañas
Que, como una enorme serpiente primordial,
Petrificada por el correr infinito del tiempo, se retorcía.

Me estremecía tembloroso en el frío, límpido aire,
Sin saber dónde estaba o cómo había llegado,
Cuando un encapuchado se recortó contra el fulgor de
      una hoguera,
Acercándose y llamándome por mi propio nombre.
Miré fijamente el rostro mortal que se escondía tras la
      capucha
Y aterrado dejé de pensar pues al fin comprendía.

XVIII. THE GARDENS OF YIN

Beyond that wall, whose ancient masonry
Reached almost to the sky in moss-thick towers,
There would be terraced gardens, rich with flowers,
And flutter of bird and butterfly and bee.
There would be walks, and bridges arching over
Warm lotus-pools reflecting temple eaves,
And cherry trees with delicate boughs and leaves
Against a pink sky where the herons hover.

All would be there, for had not old dreams flung
Open the gate to that stone-lanterned maze
Where drowsy streams spin out their winding ways,
Trailed by green vines from bending branches hung?
I hurried—but when the wall rose, grim and great,
I found there was no longer any gate.

XVIII. LOS JARDINES DE YIN

Más allá de aquella muralla de antugas edificaciones
Y torres amazacotadas y musgosas que casi rozan los
    cielos,—
Debería haber terrazas y jardines cubiertos de flores,
De mirlos cantarines, abejas y mariposas.
Deberían hallarse las sendas y arqueados puentes,
Los pálidos estanques donde se reflejan los aleros de
    los templos
Y los cerezales de ramas y hojas delicadas
Que se recortan sobre el rojizo cielo donde aletean las
    garzas.

Todo debería estar allí, pero ningún sueño cruzó
La puerta de aquel laberinto luminoso,
Traspasado de arroyuelos perezosos y ondulantes
Que fluyen bajo ramas torcidas y cubiertas de hiedra.
Me dirigía allí, pero cuando el muro apareció, ceñudo y
    alto,
Me di cuenta de que ya ninguna puerta lo cruzaría jamás.

XIX. THE BELLS

Year after year I heard that faint, far ringing
Of deep-toned bells on the black midnight wind;
Peals from no steeple I could ever find,
But strange, as if across some great void winging.
I searched my dreams and memories for a clue,
And thought of all the chimes my visions carried;
Of quiet Innsmouth, where the white gulls tarried
Around an ancient spire that once I knew.

Always perplexed I heard those far notes falling,
Till one March night the bleak rain splashing cold
Beckoned me back through gateways of recalling
To elder towers where the mad clappers tolled.
They tolled—but from the sunless tides that pour
Through sunken valleys on the sea's dead floor.

XIX. LAS CAMPANAS

Año tras año escucho aquel debil, lejano tañir
De campanas, estremeciéndose en el viento oscuro de la
    noche;
No parecía venir de campanario alguno,
Como si llegase hasta mi cruzando un inmenso abismo.
Busqué la clave en mis sueños y recuerdos,
Pensé en los repiques de mis múltiples visiones:
En la desolada Innsmouth, donde las blancas gaviotas se
    demoran
Alrededor de un antiguo chapitel que un día descubrí.

Siempre perplejo oía el repiqueteo de las lejanas notas;
Hasta que una noche de marzo las gélidas lluvias
Me dijeron que atravesara las puertas del recuerdo
Hacia las viejas torres donde unos seres salvajes tañían.
Tañían, sí, bajo las sucias aguas que cubren
Unos valles hundidos, en el fondo de los muertos océanos.

XX. NIGHT-GAUNTS

Out of what crypt they crawl, I cannot tell,
But every night I see the rubbery things,
Black, horned, and slender, with membraneous wings,
And tails that bear the bifid barb of hell.
They come in legions on the north wind's swell,
With obscene clutch that titillates and stings,
Snatching me off on monstrous voyagings
To grey worlds hidden deep in nightmare's well.

Over the jagged peaks of Thok they sweep,
Heedless of all the cries I try to make,
And down the nether pits to that foul lake
Where the puffed shoggoths[*] splash in doubtful sleep.
But oh! If only they would make some sound,
Or wear a face where faces should be found!

---

[*] Giant gelatinous monsters created by Lovecraft. See his short
story *At the Mountains of Madness*.

XX. PESADILLA

No conozco las criptas por donde ellos pululan,
Pero todas las noches veo los seres viscosos,
Oscuros, jorobados y tenebrosos, de alas membranosas,
Y extremidades sacadas del mismo infierno.
Llegan en manadas sobre los vientos del norte,
Clavando sus garras obscenas y temblorosas,
Transportándome en diabólicas travesías
A unos mundos grises, ocultos en los más recóndido del
    sueño.

Sobre las escarpadas cumbres de Thok me conducen,
Desatendiendo mis gritos y llamadas,
Hacia los pozos de un pestilente lago
Donde dormitan en sueño incierto los jadeantes shoggoths.[*]
¡Pero espera! Si pudiesen producir algún sonido…
¡O exhibir un rostro en sus vacías cabezas!

---

[*] Monstruos gelatinosos gigantes creados por Lovecraft. Ver su
cuento *En las montañas de la locura*.

XXI. NYARLATHOTEP[*]

And at the last from inner Egypt came
The strange Dark One to whom the fellahs[†] bowed;
Silent and lean and cryptically proud,
And wrapped in fabrics red as sunset flame.
Throngs pressed around, frantic for his commands,
But leaving, could not tell what they had heard;
While through the nations spread the awestruck word
That wild beasts followed him and licked his hands.

Soon from the sea a noxious birth began;
Forgotten lands with weedy spires of gold;
The ground was cleft, and mad auroras rolled
Down on the quaking citadels of man.
Then, crushing what he chanced to mould in play,
The idiot Chaos blew Earth's dust away.

---

[*] A fictional diety in the Cthulhu Mythos; also called "The Crawling Chaos", he is the Messenger of the Outer Gods. See Lovecraft's short story *Nyarlathotep*.

[†] Peasants, usually farmers, in the Middle East and North Africa.

XXI. Nyarlathotep[*]

Y al fin, del remoto corazón de Egipto vino
El Oscuro Desconocido ante el cual se inclinan los
    fellahs;[†]
Silencioso, enjuto, hipócrita y sobervio,
Envuelto en ropajes de color ocaso.
Multitudes enloquecidas por su poder le adoraron
Y avanzaron sin saber decir lo que habían oido;
Y por el mundo entero se propagó la increible noticia
De que las bestias salvajes le seguían y lamían sus manos.

Pronto los océanos dieron a luz en parto monstruoso.
Tierras olvidadas brotaron, y cúpulas doradas con algas
    de la mar.
La tierra se hendió y auroras de locura iluminaron
Las destruidas ciudades del hombre.
Y entonces, rompiendo el juguete por azar creado,
El Caos Idiota, de un soplido, arrojó al vacío la mota de
    polvo que es la Tierra.

---

[*] Una deidad ficticia en los Mitos de Cthulhu; también llamado
"El Caos Reptante", es el Mensajero de los Dioses Exteriores.
Vea el cuento de Lovecraft *Nyarlathotep*.

[†] Tampoco aquí me he decidido ha traducir la palabra inglesa
"fellahs" (labriegos, campesinos) par la misma razón que la nota
anterior, al igual que hizo R. Llopis en su traducción de este
poema que aparecía en un relato de Robert Bloch. Esta traducción
es bastante buena y debo decir que me ha servido un poco de
modelo para la mía.

XXII. AZATHOTH[*]

Out in the mindless void the daemon bore me,
Past the bright clusters of dimensioned space,
Till neither time nor matter stretched before me,
But only Chaos, without form or place.
Here the vast Lord of All in darkness muttered
Things he had dreamed but could not understand,
While near him shapeless bat-things flopped and fluttered
In idiot vortices that ray-streams fanned.

They danced insanely to the high, thin whining
Of a cracked flute clutched in a monstrous paw,
Whence flow the aimless waves whose chance combining
Gives each frail cosmos its eternal law.
"I am His Messenger," the daemon said,
As in contempt he struck his Master's head.

---

[*] The greatest deity in the Cthulhu Mythos; also called "The Blind Idiot God".

XXII. AZATHOTH[*]

Del vacío de la nada el demonio me sacó,
Y através del espacio adimensional me llevó
A un lugar donde no existía tiempo o sustancia,
Sólo Caos, Caos sin forma ni lugar.
Aquí, el inmendo Señor del Todo musita
Cosas que ha soñado y que jamás podrían entenderse,
Rodeado de unos seres-murciélago que aletean y se
      agitan
En vórtices estúpidos y extraños remolinos de luz.

Danzan sin sentido en la nada, al sutil lamento de una
Flauta empuñada en una monstruosa zarpa
De donde fluye la onda sin sentido cuyo azar combinado
Da al fragil Universo sus leyes eternas.
"Yo soy Su Mensajero", dijo el demonio,
Y con un gesto despreocupado estrujó su portentosa
      cabeza.

---

[*] La mayor deidad en los Mitos de Cthulhu; también llamado "El
    Dios Idiota Ciego".

XXIII. Mirage[*]

I do not know if ever it existed—
That lost world floating dimly on Time's stream—
And yet I see it often, violet-misted,
And shimmering at the back of some vague dream.
There were strange towers and curious lapping rivers,
Labyrinths of wonder, and low vaults of light,
And bough-crossed skies of flame, like that which quivers
Wistfully just before a winter's night.

Great moors led off to sedgy shores unpeopled,
Where vast birds wheeled, while on a windswept hill
There was a village, ancient and white-steepled,
With evening chimes for which I listen still.
I do not know what land it is—or dare
Ask when or why I was, or will be, there.

---

[*] This Lovecraft sonnet was set to music by his friend Harold S.
Farnese and performed in 1932. Sheet music was printed after
Lovecraft's death. Performances were finally recorded in 2016
by Fedogan & Bremer for the album *H.P. Lovecraft's Fungi
from Yuggoth and Other Poems.*

XXIII. Espejismo[*]

No estoy seguro de que exista
Aquel mundo perdido flotando perezoso en el río del
    Tiempo,
Pero muchas veces le veo, violaceo y neblinoso,
Brillando en las profundidades de mis sueños.
Hay extrañas torres y curiosos ríos susurrantes,
Laberintos maravillosos y profundas criptas luminosas,
Y cielos cubiertos de brazos llameantes
Que destellan como crepúsculos invernales.

Grandes pantanos se escurren entre acantilados juncosos,
Y unos pájaros enormes planean sobre una colina ventosa
Donde descansa un pueblecito, antiguo y de blancos
    campanarios,
Mecido por el son de una campana que me inquieta.
No se qué tierra es ésta,
Y sólo me atrevo a preguntar cuando y porqué estaba,
    o estaré, allí.

---

[*] Este soneto de Lovecraft fue musicalizado por su amigo Harold
S. Farnese e interpretado en 1932. La partitura se imprimió
después de la muerte de Lovecraft. Las actuaciones fueron
finalmente grabadas en 2016 por Fedogan & Bremer para el
álbum *H.P. Lovecraft's Fungi from Yuggoth and Other Poems*.

XXIV. THE CANAL

Somewhere in dream there is an evil place
Where tall, deserted buildings crowd along
A deep, black, narrow channel, reeking strong
Of frightful things whence oily currents race.
Lanes with old walls half meeting overhead
Wind off to streets one may or may not know,
And feeble moonlight sheds a spectral glow
Over long rows of windows, dark and dead.

There are no footfalls, and the one soft sound
Is of the oily water as it glides
Under stone bridges, and along the sides
Of its deep flume, to some vague ocean bound.
None lives to tell when that stream washed away
Its dream-lost region from the world of clay.

XXIV. EL CANAL

Muchas veces sueño con un demoniaco lugar
Lleno de altos, desiertos edificios apiñados
A lo largo de un profundo, negro, estrecho canal
De fétidos olores y aceitosas aguas.
Callejueglas con antiguas paredes y altos muros
Desembocan en avenidas de difícil comprensión,
Y pálidas lunas vierten su luz espectral
Sobre largas filas de ventanas, oscuras y muertas.

Aquí no se escucha el sonido de pasos,
Tan sólo el murmullo de las aguas aceitosas
Deslizándose bajo cañadas y puentes de piedra
Hacia el confín de un vago océano.
Nadie ha vivido aun para decir cuando este río
Arrastra su sueño de aquella región perdida en un mundo
    cenagoso.

XXV. St. Toad's

"Beware St. Toad's cracked chimes!" I heard him scream
As I plunged into those mad lanes that wind
In labyrinths obscure and undefined
South of the river where old centuries dream.
He was a furtive figure, bent and ragged,
And in a flash had staggered out of sight,
So still I burrowed onward in the night
Toward where more roof-lines rose, malign and jagged.

No guide-book told of what was lurking here—
But now I heard another old man shriek:
"Beware St. Toad's cracked chimes!" And growing weak,
I paused, when a third greybeard croaked in fear:
"Beware St. Toad's cracked chimes!" Aghast, I fled—
Till suddenly that black spire loomed ahead.

XXV. St. Toad's

"Cuidado cuando en St. Toad's repique la campana!"
   Le of gritar
Mientras me sumergía en aquel extraño mar de callejuelas,
De laberintos indefinidos y oscuros,
Al sur del río donde sueñan antiguas centurias.
Era una figura furtiva, encorvada y harapienta;
En un momento desapareció de mi vista,
Así que continué avanzando en la noche
Bajo empinados tejadillos, malignos y desgastados.

La guía turística no hablaba de lo que allí acecha,
Pero de nuevo escuché a un anciano decir:
"¡Cuidado cuando en St. Toad's repique la campana!"
Como un imbecil me detuve cuando un tercero gritó
   aterrado:
"¡Cuidado cuando en St. Toad's repique la campana!"
Espantado hui, pero de pronto una negra torre descolló
   sobre mi cabeza.

XXVI. The Familiars

John Whateley[*] lived about a mile from town,
Up where the hills began to huddle thick;
We never thought his wits were very quick,
Seeing the way he let his farm run down.
He used to waste his time on some queer books
He'd found around the attic of his place,
Till funny lines got creased into his face,
And folks all said they didn't like his looks.

When he began those night-howls we declared
He'd better be locked up away from harm,
So three men from the Aylesbury town farm
Went for him—but came back alone and scared.
They'd found him talking to two crouching things
That at their step flew off on great black wings.

---

[*] This is a character from Lovecraft's short story *The Dunwich Horror*.

XXVI. LOS FAMILIARES

John Whateley[*] vivía a una milla de la ciudad,
Cerca de colinas boscosas y abruptas,
Y nunca nos habíamos dado cuenta de su talento
Al ver la granja en tan mal estado.
Pasaba el tiempo leyendo curiosos libros
Encontrados en la buhardilla de su hogar,
Hasta que unas grotescas marcas aparecieron en su rostro,
Y toda la gente empezó a rehuirle.

Cuando se puso a aullar aquella noche decidimos
Que lo mejor sería encerrarle en un manicomio:
Así que tres hombres del sanatorio de Aylesbury
Fueron por él... regresando solos y aterrados.
Le habían encontrado hablando con dos seres jorobados
Que volaban a su antojo sobre unas negras alas.

---

[*] Este es un personaje del cuento de Lovecraft *El horror de Dunwich*.

XXVII. THE ELDER PHAROS[*]

From Leng,[†] where rocky peaks climb bleak and bare
Under cold stars obscure to human sight,
There shoots at dusk a single beam of light
Whose far blue rays make shepherds whine in prayer.
They say (though none has been there) that it comes
Out of a pharos in a tower of stone,
Where the last Elder One lives on alone,
Talking to Chaos with the beat of drums.

The Thing, they whisper, wears a silken mask
Of yellow,[‡] whose queer folds appear to hide
A face not of this earth, though none dares ask
Just what those features are, which bulge inside.
Many, in man's first youth, sought out that glow,
But what they found, no one will ever know.

---

[*] This Lovecraft sonnet was set to music by his friend Harold S.
   Farnese and performed in 1932. Sheet music was printed after
   Lovecraft's death. Performances were finally recorded in 2016
   by Fedogan & Bremer for the album *H.P. Lovecraft's Fungi
   from Yuggoth and Other Poems*.

[†] The Plateau of Leng is a place in Central Asia where different
   realities converge.

[‡] This is probably the King in Yellow, a mysterious deity created
   by Robert W. Chambers. See the short story *The Yellow Sign*.

XXVII. El Antiguo Faro[*]

En Leng,[†] entre picachos desolados y sombríos,
Bajo frías estrellas desconocidas por el hombre,
Se esconde un solitario foco de luz azul
Que aterroriza a los pastores de la región.
Dicen (aunque nadie ha ido allí) que viene
De la torreta de un faro de piedra
Donde el último de los Antiguos vive en soledad,
Hablando al Caos con el batir de los tambores.

La Cosa, murmuran, tiene una máscara de seda amarilla,[‡]
Con misteriosos pliegues que parecen ocultar
Un rostro de otro mundo, aunque nadie osa preguntar
Que fácciones se esconden tras la máscara.
Muchos, en su juventud, vieron aquel destello,
Pero lo que encontraron allí nadie lo sabrá jamás.

---

[*] Este soneto de Lovecraft fue musicalizado por su amigo Harold S. Farnese e interpretado en 1932. La partitura se imprimió después de la muerte de Lovecraft. Las actuaciones fueron finalmente grabadas en 2016 por Fedogan & Bremer para el álbum *H.P. Lovecraft's Fungi from Yuggoth and Other Poems*.

[†] La Meseta de Leng es un lugar de Asia Central donde confluyen distintas realidades.

[‡] Este es probablemente el Rey de Amarillo, una deidad misteriosa creada por Robert W. Chambers. Vea el cuento *El letrero amarillo*.

XXVIII. EXPECTANCY

I cannot tell why some things hold for me
A sense of unplumbed marvels to befall,
Or of a rift in the horizon's wall
Opening to worlds where only gods can be.
There is a breathless, vague expectancy,
As of vast ancient pomps I half recall,
Or wild adventures, uncorporeal,
Ecstasy-fraught, and as a day-dream free.

It is in sunsets and strange city spires,
Old villages and woods and misty downs,
South winds, the sea, low hills, and lighted towns,
Old gardens, half-heard songs, and the moon's fires.
But though its lure alone makes life worth living,
None gains or guesses what it hints at giving.

XXVIII. Expectancia

No se porqué algunas cosas me comunican
Una sensación de insondable maravilla,
Como una grieta en el horizonte
Abierta a mundos donde sólo caminan dioses.
Hay una sofocante, vaga expectancia,
Como de vastas y antiguas pompas medio olvidadas,
De aventuras extrañas, incorporeidad,
Extasis... la libertad de un sueño diurno.

Crepúsculos y misteriosas cúpulas,
Viejos pueblos y bosques y cavernas brumosas,
Vientos del sur, la mar, suaves colinas y ciudades
        luminosas,
Antiguos jardines, canciones olvidadas y rayos de luna.
Pero aunque su gloria da valor a la vida,
Nadie alcanza a imaginar qué es lo que significa.

XXIX. NOSTALGIA

Once every year, in autumn's wistful glow,
The birds fly out over an ocean waste,
Calling and chattering in a joyous haste
To reach some land their inner memories know.
Great terraced gardens where bright blossoms blow,
And lines of mangoes luscious to the taste,
And temple-groves with branches interlaced
Over cool paths—all these their vague dreams show.

They search the sea for marks of their old shore—
For the tall city, white and turreted—
But only empty waters stretch ahead,
So that at last they turn away once more.
Yet sunken deep where alien polyps throng,
The old towers miss their lost, remembered song.

XXIX. NOSTALGIA

Una vez al año, en la triste puesta otoñal,
Las aves vuelan sobre un desolado océano,
Graznando y clamando con alborozo
Al emigrar a una tierra que sus memorias recuerdan.
Grandes jardines donde florecen brillantes capullos,
Hileras de exquisitos mangos,
Y templos rodeados de árboles entrelazados
Sobre sendas solitarias… Todo esto muestran sus sueños.

Escudriñan el mar en busca de su vieja región,
De la alta ciudad, blanca y amurallada,
Pero sólo contemplan aguas desoladas,
Y al final emprenden de nuevo el regreso.
Y en las profundidades pobladas de monstruosos pulpos,
Las antiguas torres no pueden oir su perdida, recordada
    canción.

XXX. BACKGROUND

I never can be tied to raw, new things,
For I first saw the light in an old town,
Where from my window huddled roofs sloped down
To a quaint harbour rich with visionings.
Streets with carved doorways where the sunset beams
Flooded old fanlights and small window-panes,
And Georgian steeples topped with gilded vanes—
These were the sights that shaped my childhood dreams.

Such treasures, left from times of cautious leaven,
Cannot but loose the hold of flimsier wraiths
That flit with shifting ways and muddled faiths
Across the changeless walls of earth and heaven.
They cut the moment's thongs and leave me free
To stand alone before eternity.

XXX. ESCENARIO

Nunca estuve atado a esta época moderna,
Pues vi la luz por primera vez en una vieja ciudad,
Y desde mi ventana contemplé un mar de tejadillos
Inclinados sobre una fantástica región de ricas visiones.
Portales esculpidos y avenidas donde los rayos del ocaso
Se infiltran entre viejos tragaluces y pequeñas vidrieras,
Campanarios georgianos coronados de brillantes veletas;
Estas eran las visiones que llenaban mis sueños juveniles.

Estos tesoros, cautelosamente fermentados por el tiempo,
No pueden sino perder la custodia de flacos espectros
Que revolotean en cambiantes cánones y confusas
    creencias
A lo largo de las inamovibles barreras del cielo y la tierra.
Estas visiones cortan las cadenas y me dejan libre
Para vagar, momentáneamnete solo, ante la eternidad.

XXXI. THE DWELLER

It had been old when Babylon was new;
None knows how long it slept beneath that mound,
Where in the end our questing shovels found
Its granite blocks and brought it back to view.
There were vast pavements and foundation-walls,
And crumbling slabs and statues, carved to show
Fantastic beings of some long ago
Past anything the world of man recalls.

And then we saw those stone steps leading down
Through a choked gate of graven dolomite
To some black haven of eternal night
Where elder signs[*] and primal secrets frown.
We cleared a path—but raced in mad retreat
When from below we heard those clumping feet.

---

[*] A magical symbol that protects against supernatural creatures.

XXXI. El Morador

Era vieja cuando Babilonia se erguía;
Nadie sabe cuanto hace que duerme bajo aquel montículo
Donde al fin nuestras palas encontraron
Sus inmensos bloques de granito.
Había enormes pavimentos y murallas,
Y losas tambaleantes y estatuas que mostraban
Fantásticas existencias de un tiempo pasado,
Más allá de cualquier mundo conocido por el hombre.

Y entonces vimos aquellos escalones de piedra intro-
    duciéndose
Bajo una puerta bloqueada de dolomita esculpida
Que descendían a un recinto de noche eterna
Donde los viejos signos* y los primeros secretos
    descansaban.
Limpiamos la senda... pero corrimos en loca retirada
Cuando del interior nos llegó el sonido de aquellos pasos
    tambaleantes.

---

* Un símbolo mágico que protege contra criaturas sobrenaturales.

XXXII. ALIENATION

His solid flesh had never been away,
For each dawn found him in his usual place,
But every night his spirit loved to race
Through gulfs and worlds remote from common day.
He had seen Yaddith,[*] yet retained his mind,
And come back safely from the Ghooric zone,[†]
When one still night across curved space was thrown
That beckoning piping from the voids behind.

He waked that morning as an older man,
And nothing since has looked the same to him.
Objects around float nebulous and dim—
False, phantom trifles of some vaster plan.
His folk and friends are now an alien throng
To which he struggles vainly to belong.

---

[*] Fictional planet populated by monstrous aliens.

[†] An underground cavern with a putrid lake on the plant Yuggoth.

XXXII. ALIENACIÓN

Su abigarrado cuerpo nunca se movió de allí,
Pues cada amanecer le encontrábamos en el mismo lugar,
Pero cada noche su espíritu deseaba correr
Entre mundos y abismos ajenos a la monotonía.
Había visto Yaddith,[*] todavía fresca en su mente,
Y regresado de la región de Ghooric,[†]
Cuando una tranquila noche se lanzó a través del espacio
En busca de aquel silbido procedente de los abismos
     interiores.

A la mañana siguiente parecía un hombre viejo,
Y desde entonces todo fue distinto para él.
Objetos flotando alrededor de nebulosas,
Falsos fantasmas de extrañas dimensiones…
Sus familiares y amigos eran una masa intrusa
Que él vanamente trataba de comprender.

---

[*] Planeta ficticio poblado por alienígenas monstruosos.

[†] Una caverna subterránea con un lago pútrido en la planta Yuggoth.

XXXIII. HARBOUR WHISTLES

Over old roofs and past decaying spires
The harbour whistles chant all through the night;
Throats from strange ports, and beaches far and white,
And fabulous oceans, ranged in motley choirs.
Each to the other alien and unknown,
Yet all, by some obscurely focussed force
From brooding gulfs beyond the Zodiac's course,
Fused into one mysterious cosmic drone.

Through shadowy dreams they send a marching line
Of still more shadowy shapes and hints and views;
Echoes from outer voids, and subtle clues
To things which they themselves cannot define.
And always in that chorus, faintly blent,
We catch some notes no earth-ship ever sent.

XXXIII.

LAS SIRENAS DEL PUERTO

Sobre antiguos tejadillos y decadentes agujas
Las sirenas del puerto llenan la noche de ruidos.
Navíos que vienen de puertos extraños y playas lejanas
    y blancas,
De fabulosos océanos recorridos por mestizos.
Todos son extranjeros y desconocidos,
Todos, por alguna oscura fuerza común
De las bahías que se abren más allá del curso Zodiacal,
Se fusionan en un mismo zumbido, misterioso y cósmico.

En los sueños más tenebrosos introducen imágenes
De formas grotescas, de tintes y visiones:
Ecos de los abismos exteriores, y vagos indicios
De seres que ni ellos mismos comprenden.
Y siempre entre esta muchedumbre, lejanos y suaves,
Oimos silbidos que ningún navío terrestre puede
    producir.

XXXIV. RECAPTURE

The way led down a dark, half-wooded heath
Where moss-grey boulders humped above the mould,
And curious drops, disquieting and cold,
Sprayed up from unseen streams in gulfs beneath.
There was no wind, nor any trace of sound
In puzzling shrub, or alien-featured tree,
Nor any view before—till suddenly,
Straight in my path, I saw a monstrous mound.

Half to the sky those steep sides loomed upspread,
Rank-grassed, and cluttered by a crumbling flight
Of lava stairs that scaled the fear-topped height
In steps too vast for any human tread.
I shrieked—and *knew* what primal star and year
Had sucked me back from man's dream-transient
      sphere!

XXXIV. RECAPTURA

La senda se introducía en un negro, boscoso páramo
Cubierto de rocas musgosas y grises,
Con extrañas gotas, cambiantes y frías,
Que espumeaban en arroyos invisibles y profundos.
No hacía viento, ni un sonido se escuchaba
De aquellos matojos y árboles desconcertantes;
No se veía nada... hasta que de prónto,
En frente de la senda, contemplé un monstruoso
    montículo.

Contra el cielo se recortaban aquellos precipicios
    enormes,
Cubiertos de hierba espesa, con una tambaleante
Escalera de lava que subía a la temida cumbre
En escalones demasiado grandes para el pie humano.
Grité, ¡y supe qué estrella y año primordial
Me habían sacado de esta soñada, transitoria esfera
    terrestre!

XXXV. EVENING STAR

I saw it from that hidden, silent place
Where the old wood half shuts the meadow in.
It shone through all the sunset's glories—thin
At first, but with a slowly brightening face.
Night came, and that lone beacon, amber-hued,
Beat on my sight as never it did of old;
The evening star—but grown a thousandfold
More haunting in this hush and solitude.

It traced strange pictures on the quivering air—
Half-memories that had always filled my eyes—
Vast towers and gardens; curious seas and skies
Of some dim life—I never could tell where.
But now I knew that through the cosmic dome
Those rays were calling from my far, lost home.

XXXV. ESTRELLA DE LA TARDE

Siempre laveo desde aquel oculto, silencioso lugar
Donde el bosque se cierra sobre la pradera.
Su brillo destacaba entre todas las glorias del ocaso;
Al principio tenue, después nás y más luminoso.
La noche llegó y aquel solitario faro ambarino
Destellaba en mis ojos como nunca antes lo hizo;
La estrella de la tarde, que se hace mil veces
Más fascinante en esta desolada quietud.

Trazaba extrañas visiones en la palpitante atmósfera,
Recuerdos que siempre tapizaron mis ojos,
Grandes torres y jardines, curiosos cielos y océanos
De una brumosa, desconocida vida anterior.
Y por fin supe que, a través de la inmensidad del espacio,
Aquellos rayos me llamaban desde mi lejano, perdido
    hogar.

XXXVI. CONTINUITY

There is in certain ancient things a trace
Of some dim essence—more than form or weight;
A tenuous aether, indeterminate,
Yet linked with all the laws of time and space.
A faint, veiled sign of continuities
That outward eyes can never quite descry;
Of locked dimensions harbouring years gone by,
And out of reach except for hidden keys.

It moves me most when slanting sunbeams glow
On old farm buildings set against a hill,
And paint with life the shapes which linger still
From centuries less a dream than this we know.
In that strange light I feel I am not far
From the fixt mass whose sides the ages are.

XXXVI. CONTINUIDAD

Hay, en ciertas cosas antiguas, una traza
De vagas esencias, más que de formas o cuerpos;
Tenues éteres, indeterminaciones
Entrelazadas con las leyes del tiempo y el espacio.
Un brumoso, velado vestigio de continuidades
Que los ojos humanos nunca podrán descubrir del todo;
De dimensiones cerradas que guardan pasados eones
Fuera del alcance del hombre excepto por ocultas llaves.

Esto me anima cuando los rayos del sol destellan
Sobre antiguas granjas enclavadas en colinas,
Despertando sombras que yacían quietas
Desde centurias, sin sueños como los nuestros.
En esta extraña luz siento que no estoy tan lejos
Del vacío inamovible cuyos lados los siglos son.

EL LIBRO NEGRO DE ALSOPHOCUS

por H.P. Lovecraft y Martin S. Warnes
Traducido por José María Nebreda

Mis recuerdos son muy confusos. Apenas si sé cuando empezó todo; es como si, en determinados momentos, contemplase visiones de los años transcurridos a mi alrededor, mientras que, otras veces, parece que el presente se difumina en un punto aislado dentro de una palidez informe e infinita. Ni tan siquiera sé a ciencia cierta cómo expresar lo sucedido. Mientras hablo, tengo la vaga sensación de que necesitaré sostener lo que voy a decir con ciertas pruebas extrañas y, posiblemente, terribles. Mi propia identidad parece escabullirse. Es como si hubiese sufrido un fuerte golpe; producido, quizá, por el advenimiento de algún proceso monstruoso que tuvo lugar en los hechos que me acontecieron.

Estos ciclos de experiencia tienen sus inicios en aquel libro carcomido. Recuerdo el lugar donde lo encontré; apenas si estaba iluminado, escondido al lado del río cubierto de brumas por donde fluyen unas aguas negras y aceitosas. El edificio era muy viejo, las enormes estanterías atesoraban cientos de libros decrépitos que se acumulaban sin fin en habitaciones y corredores sin ventanas. Había, además, masas informes de volúmenes amontonados descuidadamente por el suelo; y fue en uno de estos montones donde encontré el tomo. Al principio no sabía cómo se titulaba ya que le faltaban las primeras páginas; pero lo abrí por el final y vi algo que enseguida llamó mi atención.

Se trataba de una especie de fórmula —una pequeña lista de cosas que hacer y decir— que sonaban como algo oscuro y prohibido; pero seguí leyendo y descubrí ciertos párrafos en los que se mezclaban la fascinación y la repulsión, ocultos en las amarillentas páginas, antiguas y extrañas, poseedoras de los secretos del universo que yo ansiaba conocer. Era una llave —una guía— a ciertas puertas y entradas que los magos ya habían soñado y musitado cuando el hombre era joven, y que conducían a lugares más allá de las tres dimensiones conocidas, a regiones de extrañas vidas y materias. Durante años los hombres no habían sabido reconocer su esencia vital, ni sabían dónde encontrarla, pero el libro era realmente antiguo. No estaba impreso; había sido escrito por la mano de algún monje loco que había comunicado a aquellas palabras latinas ciertos conocimientos prohibidos de horripilante antigüedad.

Recuerdo que el viejo vendedor temblaba asustado, e hizo un curioso gesto con sus manos cuando me lo llevé. Se negó a aceptar dinero por el libro, pero hasta mucho después no descubrí el porqué. Mientras me escurría por los estrechos callejones portuarios, laberintos cubiertos de bruma, tenía la vaga sensación de ser seguido por unos pies invisibles que se arrastraban tras de mí. Las casas decrépitas y antiguas que se erguían a mi alrededor parecían animadas de una vida malsana, como si una ráfaga de maligno entendimiento las hubiese animado. Sentía como si aquellas abombadas paredes y buhardillas, hechas de ladrillo y cubiertas de musgo —con redondas ventanas que parecían espiarme—, tratasen de cerrarme el paso y aplastarme… aunque sólo había leído una pequeña porción de los oscuros secretos que contenía el libro antes de cerrarlo y salir con él bajo el brazo.

Recuerdo con qué ansiedad leí el libro, pálido, encerrado en la habitación del ático que me servía de refugio en mis extraños descubrimientos. La enorme casona permanecía caldeada, pues había salido pasada la medianoche. Creo que vivía con algún familiar —aunque los detalles son inciertos— y sé que tenía muchos sirvientes. No sé exactamente qué año era; desde entonces he conocido muchas edades y dimensiones, y mi noción del tiempo ha terminado por desvanecerse. Estuve leyendo a la luz de las velas —recuerdo el incesante gotear de la cera derretida—, y mientras me llegaba el sonido de lejanas campanas que tañían de cuando en cuando. Prestaba una atención especial al sonido de aquellas campanas, como si temiera escuchar algo muy lejano, un son extraño y especial.

Y entonces se produjo una especie de golpear y arañar en la ventana abuhardillada que se abría sobre un laberinto de tejadillos. Sucedió nada más acabar de pronunciar en voz alta el noveno verso de un conjuro primordial, y supe, aterrorizado, cuál era su significado. Pues aquel que atraviesa el umbral siempre lleva una sombra consigo, y ya nunca vuelve a estar solo. Yo la había evocado; el libro era realmente todo lo que había sospechado. Aquella noche atravesé la puerta que conduce a un abismo de tiempo y dimensiones cruzadas, y cuando el amanecer me sorprendió en el ático descubrí en las paredes y anaqueles de la habitación aquello que nunca antes había visto.

Desde entonces el mundo no era para mí lo mismo que antes. Mezclado con el presente, siempre había un poco del pasado y un poco del futuro, y todos los objetos que alguna vez me parecieron familiares me resultaban ahora extraños bajo la nueva perspectiva que tenían mis enfebrecidos ojos. Desde aquel momento me vi envuelto en un fantástico sueño poblado de formas desconocidas y medio recordadas; y cada vez que cruzaba un nuevo umbral me costaba más reconocer los objetos de la estrecha esfera a la que tanto tiempo había pertenecido. Lo que descubrí sobre mi propio yo, nadie puede saberlo; cada vez hablaba menos y permanecía más tiempo solo, y la locura rondaba mi alrededor. Los perros me rehuían, pues captaban la sombra que me acompañaba. Pero seguí leyendo, adentrándome en libros ocultos y prohibidos, en manuscritos y fórmulas que ahora ansiaba conocer, y atravesaba puertas espaciales y existencias y regiones que se abren más allá del universo conocido.

Recuerdo bien la noche que tracé los cinco círculos concéntricos de fuego en el suelo, y canté, erguido en el círculo central, aquella monstruosa letanía que invocaba al mensajero de Tartaria. Las paredes se difuminaron mientras era arrastrado por un tenebroso viento a través de abismos fantasmagóricos y grises, en los que relucían, a infinidad de metros por debajo de mí, los picos crueles de desconocidas montañas. Después hubo un momento de total oscuridad y luego la luz de millones de estrellas que dibujaban extrañas constelaciones. Por fin descubrí una verdosa llanura en la lejanía, debajo de mí, y vislumbré las empinadas torres de una ciudad cuya mampostería es totalmente ajena a la tierra. Según me iba acercando a la ciudad, distinguí un enorme edificio hecho a base de piedras en mitad de un paraje desolado, y sentí que el miedo se apoderaba de mí, atenazándome. Grité, debatiéndome aterrorizado y, después de un lapsus de oscuridad, me encontré de nuevo en mi buhardilla, tiradp en el suelo sobre los cinco círculos concéntricos de fuego. El vagabundeo de aquella noche no había sido más fantástico que los de muchas otras; pero había sentido más terror debido a la certeza de saber que me había acercado más a aquellos abismos y mundos exteriores. Desde entonces fui más cauteloso con mis conjuros, pues no quería perderme, separarme de mi cuerpo, del mundo, y vagar por abismos desconocidos de los que jamás podría volver.[*]

---

[*] Aquí es donde Lovecraft dejó de escribir. Todo lo que siguió a esto fue escrito por Martin S. Warnes.

De cualquier forma, y en la situación en la que me encontraba, mi capacidad para reconocer los objetos y escenas normales iba desapareciendo poco a poco según adquiría nuevos conocimientos, haciendo que mi visión de la realidad se tornase inesacta, geométrica y distorsionada. Mi sentido del oído también se vio afectado. El tañido de las distantes campanas me parecía más ominoso, terroríficamente etéreo, como si el son me llegase a través de extraños golfos y lejanas regiones, donde las almas atormentadas gritan eternamente su pena y dolor. Según pasaban los días me iba alejando más y más de lo que me rodeaba, los eones se separaban de los cánones terrestres, ocultándose entre lo innominable. El tiempo se convirtió en algo incierto, y mis recuerdos de acontecimientos y gentes que había conocido antes de adquirir el libro se desvanecieron en una neblina de irrealidad que evitaba todos mis desesperados intentos de recuperar.

Recuerdo la primera vez que escuché las voces; voces inhumanas, sibilinas, que parecían provenir de las regiones más exteriores del tenebroso espacio, donde seres amorfos se inclinan y bailan ante un ídolo fétido y monstruoso creado por el devenir infinito de los siglos. Con el advenimiento de estas voces comencé a tener unos sueños de espantosa intensidad, pesadillas mortales en las que soles negros y verdes brillaban sobre grotescos monolitos y ciudades malignas que se elevan, torre sobre torre, como queriendo escapar de sus condicionantes terrestres. Pero todos estos sueños y pesadillas no eran nada comparados con el terrorífico coloso que más tarde emergió de mi consciencia; incluso ahora me es imposible recordar aquel horror en toda su magnitud, pero cuando pienso en ello siento una sensación de vastedad, de una enormidad desconocida, y veo tentáculos que ondulan y se contraen, como si estuviesen dotados de inteligencia propia y de una maligna vileza. Y alrededor del coloso danzaban monstruosidades deformes, cuyas voces entonaban un canto salvaje y cacofónico:

«Mwl'fgah pywfg fhtagn Gh'tyaf nglyf Ighya.»

Estos horrores me acompañaban siempre, al igual que la sombra del más allá.

Y aun así continuaba estudiando los libros y manuscritos, y seguía atravesando las oscuras puertas que conducen a desconocidas dimensiones, donde unos seres tenebrosos me instruían en artes tan infernales que incluso la más prosaica de las mentes sería incapaz de soportar.

Recuerdo la forma en que descubrí el título del libro; la noche estaba muy avanzada y yo hojeaba las polvorientas páginas cuando descubrí un párrafo que arrojó cierta luz sobre el origen del misterioso volumen:

«Nyarlathotep reina en Sharnoth, más allá del espacio y del tiempo; sumido en las sombras de su palacio de ébano espera su segundo advenimiento y, en compañía de sus siervos y acólitos, celebra impíos festines en lo más profundo de la noche.

»Que nadie se interponga con conjuros y encantamientos que le conciernen, pues quedaría atrapado sin remedio. Que se cuide el ignorante, lo dice el *Libro Negro,* pues terrible es en verdad la ira de Nyarlathotep.»

Yo ya había encontrado referencias al *Libro Negro* en secretos manuscritos: este legendario tomo fue escrito hace siglos por el gran hechicero Alsophocus, que vivía en las tierras de Erongil antes de que los antiguos hombres dieran sus primeros pasos inseguros sobre la tierra.

El misterio había quedado aclarado; realmente me hallaba ante el blasfemo *Libro Negro.* Con este conocimiento comencé a devorar vorazmente todas las enseñanzas que contenía el volumen; aprendí fórmulas para ocultar, invocar y crear seres, y me sentía poderoso por el dominio de tales fuerzas. Descubrí nuevas entradas y puertas, los demonios de las más oscuras regiones estaban bajo mi poder; pero aún había barreras que no podía atravesar, los negros abismos del espacio que se extienden más allá de Fomalhaut, donde el horror último acecha, rodeado de sibilantes blasfemias más viejas que las estrellas. Buceé en el *De Vermis Mysteriis*, de Ludvig Prinn, y en el *Cuites des Goules*, de Comte d'Erlette, en busca de más antiguos secretos, pero todos aquellos misterios primigenios no eran nada comparados con las enseñanzas que contenía el esotérico *Libro Negro*. Este volumen mostraba ciertos encantamientos de tan terrible poder que incluso el mismísimo Alhazred habría temblado ante su sola contemplación: la llamada de Boromir, los oscuros secretos del Trapezoedro Resplandeciente —aquella ventana abierta al espacio y al tiempo— y la invocación de Cthulhu desde su palacio oceánico en la acuática ciudad de R'lyeh; todos aquellos secretos estaban allí guardados, esperando al valiente, o loco, que fuera lo suficientemente temerario para utilizarlos.

Me hallaba en la cima de mi poder; el tiempo se expandía o se contraía a mi voluntad, y el universo no encerraba ningún secreto que yo no conociese. Mis ataduras con los acontecimientos mundanos se quebraron a causa de mis estudios secretos, y mi poder se hizo tan grande que llegué a intentar lo imposible, el paso de la última y terrorífica puerta, el umbral que se abre a los oscuros secretos del más allá, donde los Primigenios aguardan prisioneros, planeando su próximo retorno a la tierra, de la cual fueron expulsados por los Dioses Antiguos. Lleno de vanidad supuse que yo —una diminuta mota de polvo en mitad de un vasto cosmos de tiempo— podría atravesar los negros abismos del espacio que se extienden más allá de las estrellas, donde reina la anarquía y el caos, y volver con la mente intacta y libre de los horrores de cientos de eones de antigüedad que allí moran.

De nuevo tracé los cinco círculos concéntricos de fuego sobre el suelo y me situé en el centro, inyocando a los poderes inimaginables con un hechizo tan inconcebiblemente terrible que mis manos temblaban mientras hacía los misteriosos signos y símbolos. Las paredes se disolvieron y un poderoso viento oscuro me arrastró a través de abismos sin fondo y grises regiones de materia informe. Viajaba más rápido que el pensamiento, pasando sobre planetas sin luz y desconocidas regiones que bullían a inconmensurable distancia; las estrellas discurrían con tanta rapidez que parecían regueros de luz entremezclándose en el espacio, haces luminosos resaltando contra la oscuridad etérea más negra que las fabulosas profundidades de Shung.

Trascurrió un minuto —o un siglo— y aún seguía volando vertiginosamente. Las estrellas escaseaban cada vez más; agrupadas en montoncitos, parecían buscar compañía en toda aquella desolación; todo lo demás permanecía igual. Me sentía terriblemente solo en aquel viaje; colgando suspendido en el espacio y el tiempo, como si no avanzase, aunque la velocidad debía ser increíble, y mi espíritu se revelaba ante la soledad horrible, la quietud y el silencio de la nada; era como un hombre sepultado en vida en un sepulcro inmenso y oscuro. Pasaron los eones y vi cómo se desvanecía el último grupo de estrellas, las últimas luces en un espacio milenario; más allá no había nada excepto una oscuridad impenetrable, el fin del universo. De nuevo volví a gritar horrorizado, mas en vano; mi búsqueda interminable siguió a través de corredores silenciosos y muertos.

Continué viajando durante una eternidad interminable, y nada cambiaba excepto el ritmo de los latidos de mi corazón. Y entonces empezó a hacerse visible una tenue luz verdosa; había pasado a través de una ausencia de tiempo y materia; había atravesado el Limbo. Ahora me encontraba más allá del universo, a inconcebible distancia del cosmos conocido; había cruzado el último umbral, la última puerta que se abría al olvido. Delante brillaban los dos soles de mis visiones, entre los que fui conducido a lo que ahora parecía una velocidad lentísima; alrededor de estos prodigios de colores negros y verdes, rotaba un solo planeta; adiviné su nombre: Sharnoth.

Floté suavemente alrededor de esta negra esfera y, mientras me aproximaba, pude contemplar la verdosa llanura que se extendía debajo de mí, sobre la que descansaba la gigantesca y laberíntica ciudad de mis primeras pesadillas, y que parecía deforme y despro-porcionada bajo la luz antinatural. Fui guiado sobre los tejados de la muerta ciudad, contemplando los desvencijados muros y erosionados pilares que resaltaban como cuchillos contra la oscura línea del cielo. No se movía nada, pero tenía la sensación de que allí habitaba algo vivo, un ser corrompido y lleno de maldad que conocía mi presencia.

Mientras descendía a la ciudad recobré mis sentidos físicos; sentí frío, un frío helador, y mis dedos estaban entumecidos. Descendí al borde de un espacio abierto, en cuyo centro se erguía un gigantesco edificio con una puerta enorme y abovedada que bostezaba tenebrosa como las fauces de algún terrible animal primigenio. De este edificio emanaba un aura de palpable malevo-lencia; me quedé petrificado por la sensación de terror y desesperación que me invadió, y, mientras permanecía inmóvil ante el monstruoso edificio, recordé aquel pequeño párrafo del *Libro Negro:*

«En un espacio abierto en el centro de la ciudad se yergue el palacio de Nyarlathotep. Aquí se pueden aprender todos los secretos, aunque el precio de tales conocimientos es verdaderamente horrible.»

Supe sin ningún género de dudas que aquél era el cubil del taimado Nyarlathotep. Aunque el pensamiento de entrar en aquella estructura me asqueaba, caminé descuidadamente atravesando la puerta, como si una mente que no era la mía guiara mis piernas. Atravesé aquel enorme portalón metiéndome en una oscuridad tan profunda como la que había soportado en mi largo viaje espacial. Poco a poco la impenetrable oscuridad fue dando paso a la verdosa luz que iluminaba la superficie del planeta; y en aquella tétrica luminosidad contemplé lo que nadie debería ver nunca.

Me hallaba en una larga sala abovedada sostenida por pilares de ébano; a ambos lados se delineaban unas criaturas con formas de pesadilla. Allí estaba Khnum, y Anubis, con cabeza de zorro, y Taveret, la Madre, horriblemente obesa. Grotescos seres encorvados, espiando, y tenebrosas existencias que me observaban con malignidad; entre todas estas criaturas amorfas e infernales, mi cuerpo luchaba contra mi alma. Unas garras me asieron por brazos y piernas, y mi estómago se revolvió de asco ante el contacto de la carne putrefacta. El aire estaba lleno de gritos y aullidos mientras las figuras danzaban con obscenidad a mi alrededor, deleitándose en un ritual blasfemo y depravado; y al final de la enorme sala, perdido en la distancia, se ocultaba el horror último, el terrible coloso negro de mis visiones, el amo del palacio, Nyarlathotep.

El Primigenio me observó atentamente, su mirada quemaba mis entrañas, llenándome de un horror tan espantoso que cerré los ojos para evitar aquella visión de infinita maldad. Bajo aquella mirada mi ser se contrajo, desvaneciéndose, como si estuviese siendo absorbida por una fuerza irresistible. Perdí la poca identidad que me quedaba; mis poderes necrománticos que, ahora lo sabía, no eran nada comparados con los del habitante de este oscuro mundo, desaparecieron, perdiéndose en el ignoto universo para no ser jamás recuperados.

Bajo aquella mirada, mi mente y mi alma se llenaban de un espanto aterrador; no podía hacer nada mientras él absorbía mi existencia, quitándome la vida poco a poco. La desesperación hizo presa en mí, pero estaba indefenso, y era incapaz de hacer frente a la irresistible fuerza que me apresaba. Apenas sin sentirlo, algo se iba esfumando de mi ser, algo insustancial, pero totalmente necesario para mi futura existencia; no podía hacer nada, había ido demasiado lejos y ahora estaba pagando el error. Mi visión se nubló con miles de rayos; imágenes de mi casa y mi familia flotaban ante mis ojos y luego se desvanecían como si nunca hubiesen existido. Y entonces, lentamente, sentí cómo cambiaba, disolviéndome en la no existencia.

Me elevé, sin cuerpo, escurriéndome sobre las cabezas de aquella hueste de pesadilla, a través de la fría mampostería de piedra de aquel palacio que ya no era un obstáculo para mi avance, hasta que salí a la diabólica luz verdosa de la superficie del planeta. No estaba vivo ni muerto, aunque la muerte hubiese sido mucho mejor. La ciudad se desparramaba debajo de mí, mostrándome todo su esplendor y malignidad, y sobre aquel tétrico edificio que era el palacio de Nyarlathotep vi una masa amorfa que salía, extendiéndose por toda la ciudad. Se fue agrandando poco a poco hasta que ocultó la ciudad de mi vista, y cuando había cubierto toda la región que podía contemplar, se contrajo de nuevo, transformándose en el negro coloso de mis visiones. Comencé a temblar aterrorizado, pero según me iba alejando de la ciudad, ganando altura, la escena se fue reduciendo de tamaño y contemplé la escena con un poco menos de miedo.

Poco a poco, la masa de tierra que se extendía debajo de mí fue tomando el aspecto de una esfera mientras me alejaba, introduciéndome en las negras profundidades del espacio. Colgando sin sentido, mientras nada se movía a mi alrededor, o en las regiones del Primigenio, me aterrorizaba pensar en el último acto del drama que yo había desatado. De la superficie del planeta surgió un rayo de luz o energía, que cruzó el espacio, perdiéndose en su infinidad, dirigiéndose, estaba seguro, al planeta que me había visto crecer. A partir de entonces todo estuvo en calma, y quedé totalmente solo en aquel universo más allá de las estrellas.

Mis recuerdos se desvanecían; pronto no me quedaría ninguna memoria de mi pasado, pronto todos los vestigios de mi humanidad se esfumarían. Y mientras permanecía suspendido en el espacio y el tiempo por toda la eternidad, sentí algo difícil de explicar. Una sensación de paz, de una paz que ni la muerte podría dar; aunque esa paz era perturbado por un recuerdo, un recuerdo que yo esperaba que pronto se borrase de mi mente. No recuerdo cómo sabía esto, pero estaba más seguro de ello que de mi propia existencia. Nyarlathotep ya no volvería a pisar la superficie de Sharnoth, jamás se reuniría con su corte en aquel enorme palacio negro, pues aquel rayo de luz que viajaba en el espacio tenebroso llevaba consigo algo más,

En una pequeña buhardilla, débilmente iluminada, un cuerpo se estiraba, poniéndose en pie. Sus ojos eran dos trozos de carbón al rojo, y una diabólica sonrisa cruzaba su rostro; y mientras observaba los tejadillos de la ciudad a través de la pequeña ventana, sus brazos se elevaron en un gesto de triunfo.

Había atravesado las barreras creadas por los Dioses Antiguos; estaba libre, libre para caminar por la tierra una vez más, libre para manejar la mente de los hombres y esclavizar sus almas. Era aquel al que yo había dado la oportunidad de escapar, yo que, a causa de mis ansias de poder, le había procurado los medios para volver a la tierra.

Nyarlathotep caminaba por la tierra con la forma de un hombre, pues cuando me robó mis recuerdos y mi ser, también retuvo mi aspecto físico. *En mi cuerpo moraba ahora la esencia inmortal de Nyarlathotep el Terrible.*

SOBRE EL AUTOR

Howard Phillips Lovecraft (1890—1937) fue un autor y poeta estadounidense de terror, fantasía oscura y ficción extraña. Es más conocido por su creación de lo que se convirtió en el Mitos de Cthulhu, así como por ser pionero en el concepto de "horror cósmico", que sigue influyendo en el género de terror actual. Lovecraft fue incluido en el Salón de la Fama de la Ciencia Ficción y la Fantasía en 2016.

SOBRE EL TRADUCTOR

José María Nebreda: A los 13 años descubrí un libro mágico: *Los Mitos de Cthulhu*, en edición de Rafael Llopis, y poco después aprendí inglés intentando descifrar el segundo volumen de *El Señor de los Anillos*. Desde entonces, a pesar de las diferentes ocupaciones, los libros siempre han formado parte de mi vida. En 2001 se publicó *Tolkien: enciclopedia*, un trabajo de amor juvenil, y empecé a trabajar como traductor para la editorial Valdemar, dando inicio a una «terrorífica» relación que aún perdura. En 2013 entré a co-editar el sello Insomnia, de la misma casa editorial. Aunque me cuesta creérmelo, nací en 1959, en Madrid.

@JoseMNebreda

Cuentos de Averoigne

Todos los cuentos de Averoigne de
CLARK ASHTON SMITH
Traducción de Enric Navarro

En un único volumen se recogen todos los relatos cortos de Clark Ashton Smith sobre Averoigne, la siniestra y monstruosa provincia de la Francia medieval. Hombres lobo y sátiros acechan los bosques oscuros, brujas y nigromantes acechan en los pantanos, y gárgolas y gigantes aterrorizan la ciudad catedral de Vyônes en el corazón de Averoigne. Incluso la sagrada Abadía de Périgon está profanada por reliquias paganas malditas y demonios de las estrellas. Ven, explora los misterios de Averoigne… si te atreves.

Este libro contiene estos cuentos:

- *Mamá Sapo*
- *El escultor de gárgolas*
- *La Santidad de Azédarac*
- *El coloso de Ylourgne*
- *La hechicera de Sylaire*
- *La Bestia de Averoigne*
- *Las mandrágoras*
- *Encuentro en Averoigne*
- *La exhumación de Venus*
- *El sátiro*
- *El final de la historia*

Y estos poemas:

- *Los bosques de Averoigne* por Grace Stillman
- *Klarkash-Ton, Señor de Averoigne* por HP Lovecraft